はじめに

若い皆さん、あなたは今、何を思って生きていますか？

成功者になりたい！　大金持ちになりたい！　有名になりたい！　人々の役に立ちたい！　など、その想いは千差万別でしょう。

しかし、そうは問屋が卸さないのがこの世の中の現実です。

はるか太古の昔から、命が延々と引き継がれ現在の私たちの命があります。この命は儚《はかな》い粟粒のような短い一生ですが、その短い命を生きて終末を迎えたとき、自分は確かになりたい者になった、自己実現ができた！　この世で自分の存在意識を持てた！と確信したときが最大の幸福だと私は考えています。


自己実現が可能になるには第一に「想いの熱量」です。

①熱量が強力な人

②熱量が中くらいの人
③熱量が弱い人、または熱量を持続できない人

成功する人は何番でしょうか？　もうお分かりですね。もちろん①です。
残念ながら私は二か三です。あなたは何番ですか？

次に「運・鈍・根」という言葉があります。私が就職するとき、父親が私に訓戒した言葉です。「運」は運命で、自分ではどうにもできないことだと諦観すること。「鈍」は鋭敏の反対で、不必要に神経質に反応しないこと。「根」は粘り強く職に取り組むことで、諦めないことです。残念なことに私は、この逆の人生を生きてしまいました。そして、最後に「感性」です。この意味は「おわりに」に書いていますのでお読みください。

新聞やテレビでは連日のごとく、心を痛める事件が報道されます。殺人、虐待、い

じめ、からかい、ＳＮＳによる誹謗中傷、パワハラ、セクハラ。学校の部活でコーチの暴力や、厳しく無駄な校則を金科玉条のごとく強いる教師、小学校教諭による激辛カレー強要のいじめ事件もありました。

これら数々の原因による自殺などもあります。加害者は、他者を思いやる優しい気持ち、同情、哀れみ、共感、正義感などの感受性が欠落したまま成人したのでしょうか、大きな問題です。しかし、仮にあなたが被害者であったとしても、自分次第で将来がバラ色になり、夢の実現も可能になるはずです。

若い頃、誰でも一度や二度は何かがド～ンと心に響いて、「私もあの人のようになりたい」と思ったことがあると思います。もちろん私にもありました。

二三歳のとき、テナーサックス奏者のサム・テーラーが来日し、その演奏を聴いて衝撃を受けたのです。会社を終えてペンキ塗りのアルバイトで金を貯め、サックスを買って音楽教室へ通いました。ですが転職して生活に窮して通えなくなり、諦めてしまいました。もし強力な熱量を持ち、粘り強く続けていれば、このエッセイ集に収めた「存在の軽さ」「悔恨」「偶感」などを書くような羽目になっていなかったと思うと、こんな老人になった今でも悔しい気持ちです。

そんなわけで、このエッセイを若い皆さんに反面教師として読んでもらい、何かの役に立てば嬉しく思います。

目次

わが人生に悔いあり

人生の生き方に悩む若者へ
ある老人のつぶやきエッセイ

第一章　私の人生と子供たちへの思い

思い出

私のこれまでの日々を簡単に記したい。

■少年時代

一年生：夏、下校途中、踏み切りのレールに耳を当て、汽車を待つ。スピードを緩め停車した汽車から、機関手が降りてきた。怖い顔。友達と三人で走って逃げた。あくる日、担任の女教師が僕を叩いた。

二年生：学芸会で紙で作った大きな金魚鉢に女の子と入り、二人で並んで座った。

体が触れ、髪が頬を撫で、柔らかい女の感触、気恥ずかしい思いがした。

三年生：学級劇「一休」の殿様役を演じた。扇子を振って、セリフは「あっぱれ、あっぱれ」のみ。主役の一休さんをやりたかった。

四年生：潮干狩り。担任の女先生が、スカートをまくって、裾をパンツの中へ入れた。太くて白い太ももに、頭がクラクラした。

五年生：汽車の窓から見る電線が、なぜ上下するのか担任に聞く。担任は言った。「地面が凸凹してるからや！」。

六年生：郡内の小学校の合同音楽会、「時計台の鐘」を独唱した。ボーイソプラノの声が一小節ひっくり返る。惜しいことをした。

中学一年：初恋。フランス人形のような女の子に目を瞠《みは》る。胸は高鳴り、恋とは知らず恋をする。

中学二年：廊下の曲がり角で、初恋の女の子とぶつかる。恥ずかしいやら、嬉しいやら。

中学三年：遅刻して教室の扉をガラリと開けると、いきなり教師が大声で怒鳴った。

休んだ担任の代わりに授業をしていた校長だった。黒板に大きく「売春」と書いて、「この意味分かるか」と生徒に問うた。春を売るなんてなんのことやらサッパリ分からなかった。

一学年下の生徒が生意気にも、からかいぎみに私に指示をしようとしたので、いきなり一〇発ほど殴ってやった。自分にこんな爆発力があるのに驚いた。

修学旅行では、泊まった部屋の二階から、向かいの一階に風呂場があるのが見えた。女教師の影がガラスにボンヤリと映っていた。部屋の小窓から男子生徒が鈴なりに顔を出して、窓が開かないかと必死に見ていたが、とうとう最後まで開かなかった。

休学中：一五歳、結核に罹り、療養所に入った。七歳年上の看護婦さん、幅と厚みのある大きなお尻で、スカートを大きく揺らしながら歩く。その後ろ姿に眼が釘付けになった。そしてやがて恋をしてしまった。

病室に一〇人ほどの患者が昼寝している午後二時頃、その看護婦さんが皆の脈を計りながら順番に回ってくる。だんだん脈が速くなり、計られるとき脈拍が一二〇にもなった。

休憩室のロビーに一台テレビがあった。患者たちが集まって観た。来日したポール・アンカが「ダイアナ」を歌い、水原ひろしが「黒い花びら」を歌った。そのダイナミックな歌唱と詩に衝撃を受け、感動し歌手を夢見た。だが夢に終わった。

月明かりに照らされた病室、皆、静かに寝入っている。ひとり眼を開けて空想する。山上のスケート場で可愛い少女とふたりっきりで手をつないで滑り、ダンスをする。

実家で大きな小屋を建てニワトリを何千羽も飼い、ケージに入れたニワトリに機械が自動的に餌をやり、水を樋に流す。産んだ卵が自動的に集められ出荷される。

村全部の田んぼを買い占め、大勢の人を雇い、米を作る。機械で稲を刈り、大量の米をトラックに積んで売りに出し、毎年たくさんの金が入り、大きな財産をつくる。

この時代はまだ大規模な鶏卵飼育もなかったし、田んぼの米作りも耕運機はなく、ほとんどの農家が牛を使っていた時代なので、なぜ一五歳の少年がこんなことを空想したのか不思議な気がする。

眠るのが惜しくて一睡もせず、空想に耽《ふけ》っていたことがたびたびあった。

■青年時代

退屈な高校生活を卒業し、就職。大きな布団袋を担いで、父と一緒に大阪駅に降り立つ。タクシー乗り場で、運転手がすばやくトランクに布団袋を積み込む。会社前に着いて料金を請求した。「三万円や！」。

父が黙って万札を出した。ヤクザ風の怖い男だった。闇タクシーだった。

通勤に自転車を使った。行き帰り、いつも歌ばかり歌っていた。

五木ひろしの「横浜たそがれ」が流行《はや》った。メラメラと闘争心が湧いて、悔しく思った。「五木は俺より年下や！」

サム・テーラーが来日した。テレビで演奏を聴いて、体が震えた。勤務が終わってから、ペンキ塗りのアルバイトをした。五万円を貯めて、テナーサックスを買った。二時間かけて音楽院に通った。転職し、生活に追われ、サックスは質に流れた。

貿易の仕事をした。英語を使ってテレックスで外国と取引した。ハイカラなホワイトカラーになったと思って得意になった。

厚木や横須賀の米軍基地で婦人服を売った。白人や黒人のアメリカの太ったオバちゃんたちが、たくさん買ってくれた。日本人との違いを感じた。

■中年時代

若い頃、心酔したサックスが忘れられず、大枚をはたいて購入し、一〇年間教室に通った。息子の結婚式で吹いた。やがて練習も止め、サックスは埃をかぶっている。

声楽を五年間習い、二〇〇人を前に、舞台で歌った。あとで、ＤＶＤで自分の姿を見た。はげ頭に、曲がった背中、ヒョコヒョコ歩く姿に幻滅した。夢は諦め、習うのをやめた。

■初老期

退職した。仕事も趣味もモノにならず、自己嫌悪に。懐メロを流し、小さな庭で野菜や花に水をやる毎日。ときどき草花の美しさがチラッと分かる気がした。

初恋

昭和三〇年、山間の小さな町、小学校は二校あった。卒業すると中学で一緒になる。中学の入学式では、運動場に二校の小学卒業生が向かい合わせに並んだ。

突然、ハッとして、胸が高鳴った、自分で顔色が変わったのが分かった。向かいの列に美人で可愛い女の子が強く眼についた。カールした黒い髪、白い肌、そこだけ花が咲いたようだ。水玉のワンピースを着たフランス人形のような、都会的な女の子だった。

その日以来、その娘が脳裡から離れなくなった。三年間、一度も同じクラスになれなかった。いつも遠くから見て、声など掛ける勇気はなかった。

二年のとき、廊下の曲がり角で出会いがしらにぶつかった。

「あっ、ゴメン」と彼女は言った。心臓がドキドキして、顔が真っ赤になった。

三年生になり、京都、奈良へ修学旅行。お寺の境内で皆、競って杓《しゃく》で水を飲んだ。

偶然、前にいたのはその娘だった。飲み終わって振り向きざま、杓を渡してくれた。

その娘がクリッとした黒い瞳で僕を見た。手が震え、飲んだのか飲まなかったのか覚えがない。恥ずかしくて飛ぶようにその場を離れた。

奈良から京都へは汽車で移動した。途中、窓から顔を出した。その娘も顔を出していた、そして、僕を見てはしゃぐように笑った。美しい顔だった。

ただこちらを見ただけで、僕を意識していないと分かった。意識したのは僕だけだった。

登下校は歩きだった。ある日、下校途中、川の堤防にその娘が生徒会長の男子と仲良く並んで座っていた。遠くから見て、とても羨ましかったと同時に劣等感を持った。そして諦めた。もう想うのは止めようと。

何か用事があったのか、ある日、その娘が自転車に乗り、わが家へ来た。庭先で父と話をしているのを指で障子に穴を空け、覗いた。相変わらず美しかった。あとで父が話した。「あの娘の家と、うちは遠い親戚や」と。

そして一〇年の月日が流れた。ある夏の午後、セールスマンとして京都宇治市の路上を歩いていると、向こうから母親と幼児が歩いてきた。美貌の母親だった。ハッとした。初恋の人だった。すれ違っても彼女は気付かず、私は声も出ず、立ち止まって黙って見送るだけだった。こうして一度も話すことなく人生は過ぎた。

存在の軽さ

何か空虚なわが心。夢も、希望も、欲望も、中途半端なわが人生。人生一筋に想いを込めて、自分がなりたい人物に、自分がやりたい理想に向けて突き進み、功成し遂げた人々が、テレビで放映されるたび、自分の人生虚しく感じる今日この頃。

若い頃、一体何を求めていたのだろう。ボンヤリと憧れた職業もあったのに、こんな人物になりたいと願ってもいたのに、夢を実現しようと少しは努力したのに、何をやっても貫徹できず、生活に流されて、生活のために生きてきたわが人生。平々凡々なわが人生。妻に指示され、洗濯、炊事、風呂掃除。

少ない小遣いを与えられ、外出するにも気兼ねする。

結婚もし、子供も成長、小さいながらも家を建て、孫もできたのに。しかし虚しいわが人生。

長男が一九歳のとき、私に言った。

「お父さんは職業の顔がない。体の芯を通る太い柱を感じない。ほかの人は、サラリーマンはサラリーマンらしく、部長は部長らしく、商売人は商売人らしく、それなりの顔をしている。お父さんは一体何をしている顔か分からない、芯《しん》がふにゃふにゃしている」

と鋭い指摘をした。

確かに私は転々と職業を変えた。仕事は一所懸命やったが将来を不安がったり、気の合わない上司や同僚を嫌い、アッサリ辞めて貫徹しなかった。チルチル、ミチルの『青い鳥』。

そんな逃げ人生を長男は感じ取り、いたたまれずに私に忠告したのだろう。

筋の通った職業人になれず、趣味、習い事も成就せず、自己を確立できなかった中途半端なわが人生。腹の中で雲を掴んでいるようなこの空虚さ、存在の軽さ、老いて日々悔恨。

悔恨

今、六九歳。もう人生たそがれを迎えているのに、なんだ、この虚ろな空虚感は？

六〇年以上の人生、お前は一体何をやってきたんだ？

何事かに打ち込んで、打ち込んで、無我夢中になって生きてきたなら、この晩年になって大いに満足し、心も充足し、気持ち晴れ晴れ、この地球、この世界に生きていることがどんなに楽しく感じられて毎日を過ごしていることか！

お前は一体何をやっていたんだ？　どんな歩きかたをしてきたんだ？

道草を喰っても良い。なぜ好きな花を摘んで、腕いっぱいの花束を抱えて歩いて来なかったんだ？　花畑にふらぁーと迷い入って、すぐ道に戻り、興味を惹《ひ》いた森に入っても、小川の小魚、森のおいしい野の実一つ取らないで、ただ、歩いて来ただけなのか？

もう、引き返す時間はないゾ。仕方ない……このまま真っ白な道を進んでいこう、ホラッ！　もう道はあそこで切れている！　仕方ないー、道の切れているところまで歩いていこう、そして……崖から真っ暗な地の奥底へ落ちていくのみだ。

落ちる瞬間は、そりゃ怖いだろうヨ。しかし、安心しろ！　すぐ意識朦朧となって気を失い、何も分からずに、ただただ、深い深い闇の底へまっ逆さまに落ちていくのみだ。

そして……すべては終わる……安心しろ！

しかし、あと三〇〇メートルは道があるゾ。三〇〇メートル歩く間……。

エエィ！　道端にしゃがみ込んできれいな花を摘め！　おいしい野の実を食べろ！

腹いっぱい！　食え！　食え！……どうだ？　満腹で満足しただろう？

さぁ歩こう！　われわれは歩きを止められないのだ。

何かしら後ろから圧力で押されて……自然に歩かねばならないようになっているんだ。われわれは……われわれ生き物は……さぁ、もう後を振り返るな！

横や、前を嬉々として眺めよう！　きっと、きっと、おいしい果実やきれいな花がいっぱい見つかるゾ！……ヨシッ！　その気持ちで歩こう！

ゆっくりでも良いゾ……歩こう！　われわれは脚を左右一歩ずつ出して前に歩くように神が決めているのだ！　仕方ない……歩こう！　さあ歩こう！

手を引いてやる！　さあ歩こう！　ヨシッ！　その調子！

歩こう！　歩こう！

偶感

最近頓《とみ》に記憶力が衰えた。認知症の始まりかもしれない。夫婦してテレビを観ながら画面に出てくる俳優やタレントの名前を思い出せない。それも三〇分や一時間で思い出すならともかく、時には二日や三日もかかる。一週間かかって、やっと脳の底から出てくるときもある。どちらが早いか夫婦で競っているが、どちらも似たようなものだ。

妻は私より九歳年下だから、実質的には妻のほうが私より認知症の速度が速いことになる。二年前、半年ほど仕事が見つからず、一日のんびり気を休め、体を休め、裏山へ散歩なりして、精神が伸びやかなときがあった。その間、昔のことを思い出しながら、エッセイや詩を書いてみたことがある。子供の頃の思い出、外国旅行の出来事や感じたこと。また、裏山へ散歩したときに山の稜線から月が昇って、ため池に映る月の風景を見た。そのとき感動が湧いてきて自然に詩が書けたりした。

その後、スーパーの清掃の仕事を見つけ、早朝六時から九時までの三時間働くことになった。六時から働くためには四時半に起きて朝食を食べ、準備して家を出なければならない。夜は早くて一〇時か一一時に床に就くので睡眠時間は五時間程度。年のせいか深夜二時三時に眼が覚めるときもあるので、そんなときは朝まで起きているからいきおい脳もボーとして覚醒していない。そのうえ、帰宅しても仕事で疲れているから何もする気が起こらない。こんな日々を二年間送ってしまうと心も疲れ、今まで感じていた感覚を失っているのが分かる。文や詩を書く感性、感受性の喪失だ。

しかし、このまま滅びるままに脳を退化させては、せっかく豊かな感性を育み育ててくれた両親に申し訳がない。せっかく神様よりいただいた己の才能を、生きている間に芽を出させ伸ばしてこそ、生まれて生きた甲斐があるというものだ。

そんなわけで一カ月ほど前から、歌謡曲を習うために教室に通っている。子供の時分から歌が好きで、私の才能は歌にあると自分で確信できるし、また、文章の才もあると自負している。本当にやりたいこと、興味があることは歌、その次に文学。今、七〇歳、もし仮に一〇歳から六〇年かけて、この二つを追求し、伸ばしていたなら、十分食っていけたと思う。

生来の優しさ、気がおとなしいために社会や周囲の人たちに流されて自分を見失い、本当に自分がやりたいことを追求せず、己をごまかして生きてきた。首尾一貫できず優柔不断、中途半端な人生だった。しかし、今さらどうしようもない。深く寂しい気がするが、残った人生、努力して人生のやりがいを見つけ、己を創るよりほかに満足して死を迎えることはできないだろう。

そんなわけで、歌を歌い、エッセイを書いて脳の訓練をし、認知症を遅らせるよう一念発起した。よし！　やるゾ！

人の顔

人の顔は千差万別、今、歌手五木ひろしが歌っている顔、とても六〇代後半とは思えない顔や頭髪の若さ。一般のサラリーマンの男たちを横に並べてみれば、その差は歴然としている。

五木ひろしが「横浜たそがれ」をヒットさせたとき、私は二三歳で彼は一九歳だったからほとんど同じ世代だ。私は若い頃、歌手に憧れていたし歌もうまかったから、私より年下の橋幸夫や五木ひろしが華々しく歌手としてデビューしたのが内心悔しかった。

今、仮に五木と私が並ぶと、私の典型的な爺さん顔と二〇歳ぐらいの年の差を感じるだろう。

あれから五〇年、一方は華やかな世界、一方は生活のためあくせくして苦労の連続。同じ二〇歳にスタートしてこの差は一体なんだと考えると、彼は「自分の好きなこと」に人生を賭け、私は賭ける勇気がなかった。ただ一点の違いがこんなに歴然とした差になる。

歌は修業をすれば俺のほうがうまいだろう。天と地ほどの差が出るのは、まさに「好きなことをやり続ける」ことだ。

好きなことを「横に睨んで」生活のために過ごして五〇年経てば、こんな爺さん顔と若者顔になる。一〇代二〇代に何を志すか、この志がこれほど大事なことを、もうすぐ墓に入る頃の年齢になってやっと気付く。

もう人生は終わった。悔やんでも、悔やんでも仕方ないと分かってはいるが、どうも悔しくて自分を責める。最後は気力も萎《な》えて諦めて墓に入るのだろう。

テレビドラマ

テレビのドラマで、和やかに家族が集まり食事をする場面が多いのに驚く。俳優は演じやすく、セット費用は安上がりだろう。しかし、毎回なので、少々ウンザリ。もっと工夫はないのかと私はぶつぶつ言う。

ふと思い出した。四〇年前、父がテレビを観ながらぼやいていたことを。「いつも食べる場面ばっかりやなあー」と。やはり俺も父の子かと一人苦笑した。

父の笑顔

妻を亡くして一三年、一人暮らしの父が認知症になった。孤独に耐え、わびしい生活、プツンと切れた心。介護施設に二年、人格が崩壊した。言葉を発せず能面の父を車に乗せて花見に行った。

四月上旬、柔らかい風、温かい春の日差し、静かな田園、澄んだ空気、まぶしい青空、桜が満開。丘の上の大きな桜の木の下に父を連れて行った。口を閉ざし、虚ろな顔をした父を見て心が痛んだ。雲ひとつない青空に桜の花が大きく広がっていた。

車椅子の父がゆっくりと顔を上げ、桜を仰いだ。こぼれるような笑みが顔いっぱいに広がり、少年の顔になった。そして、一言呟《つぶや》いた。「うぁー、き・れ・い……」

笑い皺《しわ》をつけ、優しい目をして笑った父が愛おしく、悲しかった。ほんの一瞬だった。すぐに父はまた、元のこわばった能面顔になった。それから間もなくして父は逝った。そして一五年の月日が流れた。

校則

子供たち三人が小学生のとき、街から田舎に引越しした。
初めて朝の通学風景を見てびっくりした。

◎小学校

山道の通学路を歩く子供たち。頭には黄色の野球帽、男子も女子も。なぜ黄色なんだい？　なぜ女の子に野球帽なんだい？　信号の黄色は注意しながら渡る意味。

色や服装に個人の感受性ができ始める大事なときなのに、大人たちの感覚の鈍感さ。せめて、センスの国、イタリアの百万分の一でも見習ったらどうだい？　それとも、学校、警察、業者が交通事故防止を名目に、父兄に毎年帽子を買わせ、三者で金儲けするつもりかい？

◎中学校

全員、自転車通学、自宅が遠い子も近い子も。通学路でさえも校則で決められている。そのうえ自転車の形や色さえも校則だそうだ。

頭はヘルメット、服装は男子女子ともに緑のジャージの上下、そのうえ黄色のタスキを肩から斜めに掛けている。

このミドリ虫姿の集団が登校しているのを見ると、刑務所の囚人の集団を連想するぜ、まったく！　やり切れないよ！　これも、学校、警察、業者の企みかい？　交通の激しい都市の街の生徒がヘルメットなしで自転車に乗っているのに、田んぼや山道を通るこんな田舎の道路を走るのに、なにが交通安全のためだい？　みんな大人の変な心配性とお節介のために、子供が犠牲になっているのが分からないのかい？　一番感受性が伸びる年頃なのに、もっと自由にさせてやれよ！

◎我家の子

次男が往復三〇キロを自転車で通学していた。ある夏の暑い日、部活を終えて、汗だくになりながらヘルメットを脱ぎ、熱くなった頭を風で冷やしながら田舎の道を走っていた。そこへ、学校から帰宅途中の担任の教師が自家用車で通りかかった。担任はヘルメットを被るよう注意した。

翌日、学校が息子の自転車通学の許可を一カ月間、禁止にした。あとは一時間に一本あるかないかのバス通学しか通う方法がなかった。仕方なく三万円を払って定期を買った。

私は教頭に会い、文句を言った。教頭は「通学路は学校の責任ですから」と取り付くしまもなかった。学校の門を出たら個人の責任と思っている私と、どこまでも平行線だった。

気になる光景

今から二八年前のある日、小学校の授業参観に行った。さぞ、にぎやかに子供たちが元気な声で、「ハイハイ」と先生にあててもらいたくて、誰もが手を挙げているのを想像していた。しかし、教室はシーンとして声もなく、児童は黙って手を挙げている。異様な感じがした。

通りかかった教頭に「なぜ子供たちは声を出さないのですか」と聞くと、教頭は澄まして言った。「だって（ハイハイと）喧《やかま》しいでしょう?」。

中学生の一団が歩いているのを後ろから見た。手に学生かばんではなく、全員、重そうなボストンバッグを肩からさげて、体を傾けて歩いていた。背骨が曲がってしまわないのかと心配した。

部活

平成四年の夏。中学校の体育館で数人の女子生徒に男の教師がバレーボールを教えていた。

怒号が飛び、五メートルと離れていない近距離から、教師が力いっぱい一人の生徒にボールをぶつけた。指に当たれば骨折しかねないスピードで生徒の顔に当たった。教師が腹立ち紛れのヒステリックな声で怒鳴った。「捕らんかい！」顔が歪み、青ざめた生徒が立ちすくんだ。順番を待つほかの生徒も、こわばった顔で体を硬直させていた。

生徒たちがかわいそうになって、その場をそっと離れた。

教育について

柔道をはじめとするスポーツ界や、学校現場で「いじめ・体罰」問題がクローズアップされ、マスコミが大々的に報道をした。国会でも審議され罰則強化の法整備も進んでいるらしい。

良いことだと思う。しかし、最近の新聞やテレビ報道でも取り上げられるのが極めて少なくなってきた。いつでも日本社会は熱しやすく冷めやすい。報道されなくなると「いじめ・体罰」はもうなくなったと勘違いするか、関心が薄れ、問題意識を持たなくなるのが、われわれ日本人の特徴である。しかし、顕在化した「いじめ・体罰」が全国で毎日、相当数起こっているのは間違いないと思う。

先日、書棚を整理していたら、教育や部活の問題について、私が二〇年前に新聞に投稿したコピー原稿や匿名で教育委員会、学校に送った資料が出てきた。神戸市の中学一年生の男子生徒が、「いじめ」によって自殺したという原稿を見て胸が痛んだ。二〇年前に生徒が自殺したとき、今回の大津市長や大阪市長のように、当時の学校・教育委員会・父兄・警察・マスコミなどが正義感を持ち、対処していれば、その後尊い命が失われることも少なくなっていただろう。

二〇年前の教育問題に私がどのように考えていたのか、文章として重たくなるが、そのまま写してみようと思う。

・「日曜日に部活は必要か」と題した、新聞投稿

神戸市の東有馬中学校の一年生の男子生徒がいじめによって自殺した。部活に来なかったといって殴られたり、便器に顔を突っ込まれたりする酷《ひど》いいじめに遭って

いたと言う。

可愛い子を亡くした親の気持ちは察するに余りある。いつも思うのだが、現在の中学校の部活は異常とも思えるほどヒステリックで過剰である。

これは都市部に限らず郡部でも同じで、私の住む近郊の小さな市においても毎日、日曜日はおろか春、夏、冬休みも、ほとんど一年中、生徒たちは勉強か部活に心身をすり減らしている。

なぜ日曜日に部活に行くのか生徒に問うと、任意ではなく強制なのだと言う。事情があれば休めるらしいが、その事情たるや身内に不幸などの重大な出来事があったときぐらいらしい。自分が映画を観たいとか、旅行に行くとか、家族と共に過ごすためとか、そういうことは事情に入らぬらしい。

中学生の年頃は一番感受性にすぐれ、創造力や感性を伸ばす大切な時期である。休日にこそ日頃できない自然観察、旅行、音楽、映画、友達とのおしゃべり、オシャレ、史跡を訪ねることなどは、どれほど豊かな感性や情緒が伸びるかもしれない。

学校や体育教師、部活の顧問の評価を上げるために、子供たちが犠牲になっていないか、親も教師も子供の人権を守るために今一度深く考え、もっと楽しい本来のクラブ活動に戻るよう努力するべきだと思う。部活の目的は勝ち負けにあるのではなく健全な心身を造る手助けなのだから。

・子供の担任への手紙

拝啓、一筆申し上げます。

毎日の子供たちへの教育ご苦労様です。子供が持ち帰ってくるテストやプリント類を見て、教師という職は激務だとつくづく思い感謝しております。が反面、なぜこうも細かく指導テストを繰り返す必要があるのかと疑問にも思っています。

これでは先生方の多忙、神経の擦り減り方は尋常ではないかと思い、教師自身が疲れから苛々《いらいら》するのではないかと同情もします。考えてみれば昔の先生はゆったりとして一人一人が個性もあり、表面の勉学だけでなく、子供の背景を考えた心の教育に重きを置いていた気がします。

現代の教師は世間一般の過熱ともいえる進学熱の渦に巻き込まれ、子供一人一人の個性を考えた創造性を伸ばす教育など、とても考える余裕がなさそうに思えます。勉強の中でも算数や国語のみに力を入れがちになり、創造力の伸びる音楽や図工などはどうしても軽視する傾向にあるようです。

特に何事においても、競争競争で勉強は言うに及ばず、スポーツや遊びの中まで競争の熱に世間一般は浮かされています。果たしてこれでよいのでしょうか、私はたいへん疑問に思っています。

この間、「ドッジボール」の試合があったようです。「ドッジボールの試合？」私は耳を疑いました。ドッジボールは、本来は子供たちだけの子供の世界というか、大人の介入しない子供たちだけでキャアーキャアーと笑い転げながら楽しむゲームとわれわれは思っています。それが試合のために練習して勝ち負けを競い合っていると聞いて、ああ、ここまで進学熱から始まってスポーツ熱、そして遊びにまで競争の論理が入ってきたのかと慨嘆しました。

このことを提唱した人は、ただ単純に考えただけなのでしょうが、よくよく洞察力を持って教育の本質を考えれば、このことが子供たちにとって益になるどころか弊害が生まれることに気付くべきです。と言うのは子供たちが必死になり、この世で価値あることは、ただ、「勝つこと」だけだと思ってしまいます。勝つためには相手の痛みもなんの、その思い切りキツイ球を投げるに違いありません。受けるほうも顔をひきつらせて必死です。なぜ必死なのか、自分がミスをすればクラスの成績にひびき、級友からののしり言葉を聞くかもしれません。受けられなかった子供は心の中で敗北感を味わうかもしれません。楽しいゲームがゲームでなくなるのです。まして先生が音頭とりです。子供たちが緊張しないはずがありません。このようにして表面上は楽しそうにしているかもしれませんが、こんな「遊び」にまで大人が介入するようであれば、子供の自主性が阻害され、本当の「遊び」の楽しさを子供たちが味わえないまま大人になっていくのです。

子供たちだけで楽しく草野球をやっていた昔と違って、今はチームを大人がつくり、監督として勝つための技術を得意げに教えています。いきおい他チームと競うために監督は怒鳴ったり、叩いたりして子供を萎縮させます。

この大人が子供の世界に入り込んで世話をやきすぎたり、本人が善意と考えて過剰な情熱を指導に注ぎすぎると、やがて子供に体罰を振るうようになるでしょう。

ご存じのように宿題も頑張り、マラソンも頑張り、交通ルールも守り、なにもかも子供の心は緊張の連続です。近所でも年上、年下の子供たちが集まってキャアーキャアーと楽しそうな声が聞こえることもありません。家の中で疲れた心をマンガやゲームで癒しているのです。毎日を急き立てられ生活しています。これでは他人に対する思いやりなどを期待するほうが無理というものです。先生方ももう少しゆるやかな気持ちで子供たちに接して欲しいものです。

学校は子供のためにあります。決して学校の評判を良くするためや教師の評価を上げるためではありません。教師の評価はその教師が子供を愛し、教育の本質をしっかり掴んでいるか否かによります。もちろん、テストの評価だけを期待する父兄があまりにも多いことが原因ですが、長い眼で子供の将来を見据えた、本当の意味での教育者が減っているのは残念です。

今の日本社会は勉強にしろスポーツにしろ、頑張れ、頑張れの緊張社会です。どうか世間の進学熱に動かされることなく、教育者として何が本当に大事なことか理念を持って、子供たちの画一的ではなく創造力ある豊かな個性を引き伸ばしてくださるような教育に配慮いただきますよう心からお願いいたします。

第二章　身辺雑記

成功の秘訣

七一歳になり、歌謡教室に行くことに決めた。朝九時、八二歳になるおばあちゃん講師に指導を受ける。朝のためか気分も乗らず、声もガラガラだった。しかし何回も練習してほぼ完成に近いと思って歌ったが、講師から「口の中をよく動かして言葉をハッキリ歌いなさい」「八分音符と一六分音符の差を意識して」など細かく指摘されるので、勉強になる。

反面、人よりは多少うまいと自負し、自信も持っていたので、出鼻をくじかれたようで少しシュンとなっている自分を発見。まして、こんなばあちゃん講師などたかが知れていると内心軽く見ていたので、俺自身のプライドを傷付けられた気持ちになる。

しかし卑屈になっては心が歪む。自信は大事だが、謙虚に素直に聴くことにしてエネルギーを腹の底に押し込める。どんなことにも喰らいついて続けるパワーが成功の秘訣と思い、続けることにする。

資本家の金儲け

テレビ報道で、大手スーパーが夏季シーズンは朝七時から店を開けることを知った。客は言う「助かりますわァ、出勤前に買えるので……」。

店長は「これで朝の客をとり込めて売上増進になります」と満足そうに言う。

店舗の開店時間は一〇時が普通であったのが、九時、八時になり、とうとう七時になった。もちろん、資本家は喜ぶであろうが、その陰でどれほど従業員が苦労するか。従業員だけではない、開店に間に合うように商品を発送するメーカーや問屋、夜を徹して走る運送業者。開店準備に多忙を極めるスーパーの従業員、清掃人、警備員、彼らは開店準備に三時間かかるので、早朝四時から働くことになる。

「お客様は神様です」と言った流行歌手がいたが、お客様サマ優先の世の中、これはおかしくないだろうか。客第一がそんなに大事なことだろうか。世の中金儲け第一主義になってギスギスした社会になってしまった。

四〇年前、世間のどこの店も、百貨店やスーパーさえも正月三ヶ日は閉めているのが常識だった頃。東京の原宿に洋服店を営んでいた親戚のオヤジが、「俺は正月一日から開ける」と宣言し開店した。

それを聞いて私は「金儲けばかり考えていやがる」と少し軽蔑したことがあるが、今日の世相を見ると、そのオヤジ、先見の明があったと言わざるを得ない。

世の中IT革命がどんどん進み、それと相まって人間らしい感情がどんどん摩滅していく。遠く平安の時代から、先人たちが築いてきた自然や人間に対する鋭い感性が薄れている。現代社会の時間重視、なんでも速ければ良いという概念が世界中を席巻して、潤いのない世の中にしてしまった。それを端的に示すのが、どこの会社でも見られる光景。皆、一様に机上のパソコンと一日中にらめっこして、隣と短い会話さえも交わさないでメールでやりとりする。

貿易、船会社や銀行、倉庫、工場の事務所などに書類を運ぶ仕事をしたことがあるが、どこでも広いフロアーにたくさんの社員がいるにもかかわらず、まるでお通夜のように話し声一つ聞こえない。たとえ聞こえたとしてもヒソヒソと遠慮深げに話すだけ。シーンとして、異様な光景に驚かされるのは私だけだろうか。

この原因は種々雑多あるであろうが、一つには商品の流通の速さを競うことがある。なぜ急ぐのか、それは少しでも他社より早く販売し利益をあげること。なぜ利益をあげなければいけないのか、その元は資本家の頭にある「儲けを増やすこと」に尽きる。

物質的には決して豊かでない後進国ほど、人々が温かい穏やかな顔をしていることを考えると、先進国といわれるわれわれが毎日、ギスギスと心をすり減らして生きるのが良いのだろうか。もっとゆっくりと過ごす方法をなんとか見つけなければならない。

別世界

英語教材『家出のドリッピー』を読んだ。ドリッピーという名の雨だれ君が、ゾウの足で踏みつけられ、地中に押し込められた。そこには陽の当たらない暗い地下で暮らしている、ミミズやカブト虫、アリ、大ダニ、クモ、カタツムリ、モグラ、砂ガニなど、たくさんの生き物が黙々として忙しそうに働いていた。ドリッピーは外の明るい世界と全く違う暗闇の世界に、こんな多くの者たちが働いているのを初めて見て驚いた。

老年になり、スーパーの清掃の仕事を始めた。外は真っ暗で足元も分からない凍てつく真冬の早朝五時にスーパーに着いた。私はドリッピーと同じ光景を見て驚いた。

暗がりの中、大勢の人々が忙しく働いていた。荷物を運んできたトラックの運チャン。下ろした荷物を台車に載せ、店内に運ぶ男たち、商品を荷分けし、棚に並べる多くの女たち。そして床を掃き、ガラスを磨き、バケツに水を入れ運ぶ掃除人たち。客として広いフロアーに陳列されたスーパーの光景しか見ていなかった私は驚いた。こんな世界があったのか。そうか、こうやってわれわれが知らないところで大勢の人たちが働いているから、たくさんの商品がきれいに陳列台に並んでいるんだ。店内が明るく、床がピカピカなんだ。

労働を終えたとき、快い疲れとともに心の平穏と満足感を覚えた。「生きる」とは何かが分かった気がした。

気になる言葉遣い

「あげる」

三〇年ほど前、朝日新聞に「植木に水をあげる」と書かれていた記事が目に留まり、不可解な気持ちになったので、新聞社に電話して問うたことがある。

「『水をあげる』のではなく『水をやる』のが正しいのではないでしょうか?」

電話口の記者は、

「エッ！　何がおかしいのですか？　間違っているとは思いません！」と冷たい返事をした。

　それからずうっとこの「あげる」の使い方が気になって仕方なかったが、今日では、本、新聞、雑誌、ラジオ、テレビ番組や出演者、言葉の専門家であるアナウンサーまでも躊躇することなく、ますます頻繁《ひんぱん》に使っている。「犬に餌をあげる」「キュウリに肥料をあげる」「花に水をかけてあげる」、自分の子供に対しても「服をあげる」、料理研究家が「エー、このように肉を炒めてあげて……」。また、体の歪みを解説していた整体師が「エー、このように足首を曲げてあげることによって……」こんな使い方に違和感を持っている人たちは少数なのか、それとも私だけなのか、言語学者からさえも何の反応もないのが不思議でならない。

　辞書で「あげる」を引くと（やる・与える・の謙譲語）とある。ここに挙げた例は謙譲語になり、植物、動物、自分の体、自分の子供にまで敬って使っていることになる。「植木に水をやる」「キュウリに肥料をやる」「犬に餌をやる」「服を子供に与える」足首や肉は単に「足首を曲げる、肉を炒める」だけで良いのではないだろうか。

「可愛いーイー」

若い女性がなんでもかんでも「かわいーいー」と叫ぶ。車に向かって「かわいーいー」、部屋を褒めて「かわいーいー」、花を見て「かわいーいー」。

ほかにもっと適当な言葉があるやろー?と言いたくなる。

「よろしくお願いしまあーす」

一般人、政治家、学者、俳優、タレント、アナウンサー、スポーツ関係者など職業を問わず、対面時や紹介されたとき、この「よろしくお願いしまぁーす」の紋切り型挨拶が頻繁にテレビ画面から聞こえる。まるで一億総型枠人間になったような気がする。

小野田寛郎元陸軍少尉

図書館で借りた、小野田寛郎著『生きる』を読んだ。フィリピンのルパング島での生死を賭けた過酷な潜伏戦闘は三〇年に及ぶ。その体験から学んだ「生きる」知恵と教訓が「生きる」本質に気付かせてくれる名著だ。

情報要員、俗にいうスパイ養成所、中野学校で情報将校としての教育を受け、ルバング島に派遣され、アメリカ軍が日本占領した後、ゲリラとして後方撹乱の任務を帯びて二百名ほどの日本軍の指揮を任された小野田氏。圧倒的な物量に勝るアメリカ軍の攻撃に戦死、四散して残ったのは若干二〇名。やがて四名となり、この四名で潜伏し、ゲリラ闘争をすることとなる。

終戦から四年後、一人が投降し三人となる。九年後、一番年上の島田伍長がフィリピンの討伐隊の狙撃を受け戦死。残った小塚上等兵と二人となり、その後、実に二七年もの長きに亘って討伐隊とのゲリラ戦で戦ったが、ついに昭和四七年一〇月一九日、小塚上等兵が撃ち殺される。

そして終戦直後から日本政府や家族、知人たちによるビラや拡声器などで幾年幾多の捜索、呼びかけにも頑として応じず信念を貫き、投降せずにいたが、昭和四九年二月二〇日の夕刻、世界放浪冒険家鈴木青年に遭遇し、そのアッケラカンとした朴訥《ぼくとつ》な人柄を信用したのがきっかけとなり、ついに昭和四九年三月五日、小野田少尉が元上官谷口少佐の命令勧告を受け入れ、投降することとなった、

不撓不屈の勇士。その戦いは三〇年にも及び、驚異としか言いようがない。軍帽軍服を自身で調え、降伏の儀として白布で巻いた軍刀をマルコス大統領に両手で炯々《けいけい》として差し出し敬礼する立派な態度。引き締まった顔つきに感動したのを三〇年経った今でもハッキリ覚えている。

帰還したときは五一歳だが、三〇歳ぐらいの体力だったらしい。いかに全身全霊を任務に捧げてきたか、その気力、負けん気の強さに敬服する。表面的には優しい言葉の柔らかい上品な紳士であるが、内に秘めた闘志は常人には真似のできないものがあるのだろう。

戦前の日本青年たちの純粋無垢で素直、かつ、強い精神力を体現している。当時の青年たちの気質がよく分かる。このような純粋無垢で素敵な青年たちが幾千、幾万と尊い命を戦場に散らしていったかと思うと戦争がいかに惨《むご》いものであるか、と胸に迫る。為政者たちの責任は重い。

その小野田さんも今年九一歳で生涯を終えた。堂々たる人生だ。帰還後一年間、日本に滞在したが日本人の平和ボケからくる弛んだ空気、いわれのない中傷からブラジルに新天地を求め、一八〇〇頭の牛を飼う牧場経営者として成功した。

当時起こった、少年が金属バットで親を殴り殺した事件に衝撃を受け、日本の子供たちが心を病んでいるのに気が付いて自然教育塾を立ち上げ、ライフワークとして子供の教育に貢献してこの世を去った。

小野田さんが現代の私たちや後世の人たちに伝えたかったこと、一口に言えばそれは、「野生」を取り戻せということ。人間が本来持っている五感を鋭敏にして感性を磨けということだと思う。

生死が紙一重の世界で人生の大半を過ごしきた小野田氏は、「すべてが安全」と信じて危険予知能力が退化し、能天気で平和ボケしているわれわれに警鐘を鳴らしている。携帯電話を見ながら駅のホームを歩いて落ちたり、道路で自転車にぶつかったり、若者が心身を病んで自暴自棄になり、自殺したり通行人を殺傷する犯罪を起こす。そんなふうに人生を放棄する人が後を絶たないのも、「能天気」と根は同じだと小野田さんは言う。

また三度も大震災を経験し、原発事故も起こったのに、まだ懲りずにいる日本人の能天気さにあきれてもいる。小野田さんの言うとおりだと私も思う。政府が原発輸出にやっきとなっている。いくら日本経済を良くするためとはいえ、その「能天気」、節操のなさに外国もあきれている。

国民も政府も金儲け第一主義、テレビではお笑いバラエティー番組が氾濫し、マンガやアニメが日本文化と持てはやされている。もうそろそろ軽薄な社会を醒《さ》めた眼で観て、警鐘を鳴らす知識人が幾人も出ても良いのではないだろうか。

日本の美

映画『東京物語』を観た。昭和二八年頃の一家族、その平凡な日々の生活を描いた作品である。主演の「笠智衆」「東山千栄子」が演じる広島に住む老夫婦が、東京や大阪で暮らしている子供たちや孫に会いに行く物語。終戦後八年が経ったとはいえ、東京は焼け野原にバラック建ての小さな家々が並び、街には貧しい身なりの人々が肩を寄せ合って、懸命に生きている。日々の慎ましい生活を映した心温まる映画である。監督「小津安二郎」は独特のカメラワークで、正座した目の位置から家庭の普段通りの生活風景を撮る。定位置で静かにありのまま撮影されているので、自分自身の生活を観ている気がする。

まず、印象に残ったのは、あの頃の日本人が持っていた節度ある礼儀正しい態度、そして表情や動作が不自然でなく、ごく自然に演じられている気持ちの良さだ。

例えば、訪ねてきた老夫婦に、戦死した次男の嫁「原節子」が挨拶する。柔らかい自然な笑顔、きれいな言葉遣い、折り目正しいおじぎの仕方、きびきびした起居動作。膝を突いたり立ち上がったりして、次の動作に移るときの、正確で身軽な無駄のない動きなど。

中国から伝わった禅の心が、能楽や茶道、武道を通して武家社会に伝わり、躾《しつけ》となって一般家庭にも根づき、人々は意識することなく、自然にこんな美しい起居動作を身に付けていたと思う。

これが私たち日本人の誇るべき「日本の美」であったはずなのに、現代の日本人社会は変貌し、多くの貴重な「美」を失ってしまった。

金銭欲、物欲が蔓延《はびこ》り、芸能番組がテレビを独占し、お笑いタレントが下卑《げび》た笑いを世間に撒き散らし、幅を利かす。元内閣総理大臣まで勤めた人が選挙のためとはいえ、お笑いタレントと同席し、冗談を言って迎合する。そんな姿を見ると、若い人たちが高い理想と志を一体どこに定めれば良いのかと思う。規範となる何事も見つけられないのは当然のことで、お笑い、マンガ、アニメが世間を席巻し、話し言葉は乱れ、軽く安っぽい風潮が日本民族の品位をますます低下させる。

別れの言葉「さようなら」を聞くことが本当に少なくなった。年配者はともかく若い世代や子供たちは、ほとんどが「バイバイ」で済ますので味がなく、音の余韻がない。この映画の中で俳優たちが微笑みとともに交わす「さようなら」は上品で柔らかいトーンが耳に心地よく響き余韻が残る。

今、トルストイの『戦争と平和』を読んでいる。この訳者の、語彙《ごい》が豊富で翻訳のすばらしいこと。遠い昔の「紫式部」や「清少納言」から明治、大正、戦前戦後何年かの時代まで、日本人には言葉に関する驚嘆すべき感性があった。それが、生活がより便利になるにつれ、人々も多忙の中に埋没し、自然や鳥や虫の鳴き声からさえも「もののあわれ」を感じる感性が失われていく。その結果、言葉も会話も短絡され軽くなる。そのうちに、しっとりと深い日本語が遠い昔の思い出になるだろう。

映画『東京物語』の中で感心させられるのは、「毛利邦子」演じる長男の嫁である。日々の家事、雑事のこなし方の見事なこと。例えば、洗ったタオルを手早く二つから四つに折りたたみ、障子にハタキを掛け、台所で食器を流れるごとく手早く洗い、片付けるすばやい手の動き。来客があると玄関でサッと座って手をつき、客に挨拶する、そのきびきびした動作など、挙げれば限《きり》がないほど。

老夫婦のゆったりとした柔らかく温かい眼差しや、品のある優しい言葉遣いや態度、戦後のこの時代に生きた人々の、ほのぼのとした暖かい心に打たれた。現代のギスギスした社会に暮らす中で、この映画を見た後は一服の清涼剤を飲んだ気分で、ひさしぶり心が和んだ。

人間、共に老い行《ゆ》く

アメリカ映画、『ドライビング Miss デイジー』を観る。

貧窮の少女時代を経て、厳しい偏見の社会を夫と共に懸命に働き、財を築き上げた裕福で老いた未亡人、ユダヤ人なるが故に差別され苦しんだ半生。差別に眼を背けながらも世間に反発し、勝ち気と弱気の連続の人生を送ってきた。他人は信用しない、信じるのは自分しかない。親族以外には心を閉ざし、気難しい性格になった老婦人。

一方、お抱えの穏やかで従順な老黒人運転手。差別に慣れ、明るくしたたかに世を渡ってきた。

やがておばあちゃん、老黒人運転手のおじいちゃんに徐々に心を開き、「親友」と呼ぶようになる。

私たちの周り、自分自身も含めて気難しいおじいちゃんやおばあちゃんは結構いる。そんな人たちも最初から気難しかったわけではない。心の通い合わない厳しい職場の人間関係、生活の苦しさ、家庭のいざこざ、隣近所の疎遠な関係など、差別とまではいかなくても様々なストレスから人間不信になって心を閉ざしてしまう人は、ますます増えるだろう。

しかし、この映画から感じたことは、貧乏人も金持ちも、差別する白人も差別されるユダヤ人も黒人も〝共に老い行く〟ということ。老黒人運転手の言った「人間はすべて同じ……」のセリフの中に、深い人生哲学を感じさせる傑作映画に、笑い涙する感動の二時間だった。

負けじ魂

映画、『インビクタス／負けざる者たち』を観た。

南アフリカ共和国、ネルソン・マンデラ大統領がラグビー試合を通じて、人種差別による黒人、白人の対立社会の国民の心を一つにまとめてゆく物語。

三〇年間、孤島での石割作業に従事させられ、想像を絶する牢獄生活を送ったネルソン・マンデラが釈放され大統領に当選。その穏やかな笑顔に隠れた強力な負けじ魂にわれわれは気付く。どんな過酷な境遇にあっても、神を信じ、自己を信じ、決してくじけない。頭を垂れず、死さえも超越したその信念に畏敬の念を持たずにはおれない。

就任早々、護衛官として、黒人蔑視を続ける白人数名を任用し、黒人護衛官と共同で警備に当たらせるマンデラ大統領の人間的度量が、反目していた黒人白人護衛官たちの心を次第に一つにしてゆく。

そしてニュージーランドとのラグビー決勝戦。スタジアムでの観戦やラジオ放送を通じて、国民が熱狂の渦に巻き込まれていく。その過程において国民の心が一つになる。黒人は白人を許し、白人は黒人に歩み寄る。

私は観ながら感動していつの間にか、涙を流していた。すべてを見通し、企画し、実行してゆく、強力なリーダーシップ。艱難《かんなん》辛苦を乗り越えた人間にしかできないことだと思った。果たして日本のリーダーは、日本の将来は如何《いかん》。

愛

ソ連が崩壊し、小国モルドバ共和国が独立した。やがて国は破産、国中に失業者が溢れた。人々は外国へ出稼ぎに行き、多くの子供たちが置き去りにされた。一家離散。物乞いし、排水溝で眠る子供たち。

母がイタリアへ出稼ぎに行ったため、幼い男の子二人が残された。同情した近所の貧しい年金暮らしの老夫婦が引き取り、育てた。

テレビ取材班が、大きくなった男の子が自分の手形を描いた絵を母親に届けた。母親は泣いた。絵を見て泣いた。

老夫婦の妻が言った。「子供たちが大人になり、街で出会ったとき、〝僕たちを育ててくれてありがとう〟と言ってくれるだけで満足です」と言った。その老夫婦の深い愛情に私は泣いた。とても泣いた。

天と地

最近、この地球上に住む人間が、その境遇において天と地ほど開きがあることに唖然とし、かつ、自分の無力が虚しくなったことがある。

一つ目は、アフリカの一〇歳にも満たない孤児の女の子が、ただ一人で草や小枝で造った粗末な小屋で寝起きし、近所の人の水を汲んで働き、代価として食べ物をもらって生活しているテレビのドキュメンタリー番組。

痩せて小さな体の女の子が、片道二キロの道（草原）を歩き、水汲み場に着く。バケツに水を入れると二〇キロもの重さになる。それを細い首、小さな頭にのせて、一日三往復する。

小屋の前の自分で耕した小さな畑で採れた、わずかばかりのトウモロコシを砕き、棒で突いて粉にする。水で練って食事とする。学校は無論、家族も友達もいない孤独で寂しい生活を、取材のテレビカメラは淡々と映し出す。

女の子の心の内は想像するほかないが、澄んだ大きな黒い瞳、穏やかな表情に、境遇を嘆くことなく、世間をうらむことなく、心の奥深く悲しみに耐えて、一人静かに暮らしている姿に強い精神を感じ、眼が潤んだ。

二つ目は「カオスの深遠・逃げる富裕層」と題した新聞記事。豪華客船のオーナーになり、世界を旅するお金持ちがいる。

船室を買ってオーナーとして一人で船旅を続ける七〇代の日本人男性。一年のうち、三カ月を洋上で暮らす。南極や北極を含め数十カ国の地域を訪れた。

「数億円で船室を買った、維持費は年間三〇〇〇万円。税金で取られるぐらいなら、リタイアしようと思い、資産を整理した。子供もいないので気楽だ」と語る。

バハマに船籍を置くと所得税や法人税がない。オーナーになって一年の多くを船上で暮らせばバハマ居住者と見なされ、日本の税金から逃れられるのが、その理由らしい。

同じ一人暮らしでも、富裕層と呼ばれる大金持ちの日本人老人と、アフリカで極貧生活を送る一〇歳にも満たない小さな少女と、その精神においては天と地ほどの差がある。

アフリカの少女には同情と尊敬の念を、日本の金持ち老人には若干のやっかみと軽蔑を持つことしかできない自分の無力を、つくづく感じたことであった。

尊い行い

東北大震災から三年が過ぎた。夕方のテレビ番組で二件の感動物語を放映していた。

一件目は佐藤水産株式会社という被災地の水産会社の専務が、その会社で研修生として働いていた中国人女性二〇名を命がけで守った話。

三年前の今日、三月一一日大津波がこの会社にも押し寄せ、あわや中国人二〇名が津波にさらわれる寸前、日本人の専務が彼女たち全員を高台に避難させたあと、まだ逃げ遅れている人がいないかと再度会社に引き返し、そこで津波にさらわれて亡くなってしまったという。

この事件を千葉市に住んでいた中国人作家が執筆し出版した。中国版と日本版が出販された。災害に遭った研修生たちは一週間後中国へ帰国した。その際テレビは悲嘆にくれる彼女たちの映像を映し出していたが、そのうちの何人かは戻ってきて佐藤水産で働いているという。

二件目は同じく被災地の南相馬市に、アメリカのオレゴン州ペンドルトン市から来たケイト・オバーグさんという若い美しい女性。

アメリカで津波の映像を見て強く心を打たれ、少しでも被災地の役に立とうと南相馬市に移住を決めた。地域の幼稚園などで英語を教えながら泥地の中でゴミを拾ったり老人の世話をしたり、奮闘している姿が映された。

この二件の映像を見て、とても感動した。ともすればわれわれ日本人は金銭崇拝の社会で暮らすうち、こうした人間愛を失いがちだからだ。私もそのうちの一人なのかな。

悲憤

テレビのドキュメンタリー番組「パレスチナ国家樹立に向けて」を観た。もう何十年も続いているイスラエルとパレスチナ紛争の領土争い。アブラハムを祖とする二つの民族、ユダヤ人とパレスチナ人。もともとは兄弟民族で、ユダヤ教徒とイスラム教徒の違いとはいえ、よく似た容貌を持つ者同士がなぜこうもウンザリするほど争い、殺し合い、いつまでも安寧と平和に暮らすことができないのか。彼らのために心から悲しむ。

ユダヤ人の若い女性の学生が、西エレサレムの入植地にどんどんユダヤ人（特に正統派を中心とする熱心なユダヤ教徒が多い）が住宅地を建設するのがパレスチナ人との紛争の原因になっている、パレスチナの独立を認め共存を図るべきだと、民衆に向かって必死にマイクで訴える姿を見て涙が出た。

同じユダヤ人社会でパレスチナ国家樹立賛成派と反対派に分かれ、ぶつかり合う。

警官が仲裁に入るが揉み合いの中、何人かが逮捕され、警官に引きずられていく男が「なぜわれわれを逮捕するんだ！」と叫ぶ。一方、パレスチナ側でもイスラエル承認に賛成派の西岸地区政府と、反対派のガザ地区ハマスとの間で主導権争いを続けている。

西岸とガザを統一し、統一政府を創るべきと奮闘する西岸地区政府首相が、政治の主導権を握ろうとするガザ地区の過激派ハマスの反対に遭い、国連で承認される寸前で首相の座を降り、合意できずいつまでも紛争は続く。一方、イスラエル政府は一九六七年の境界線確定での独立では、イスラエルの安全と平和は来ないと反対している。

同じ国民、同じ民族でも主義主張が違ってまとまらない。その中で人々は懸命に毎日の生活をし、口論し、デモに参加して、それぞれの行動に努力をしている。その民族の悲嘆と熱いエネルギーに対して、なぜか自然に涙が滲《にじ》んできた。

大宇宙から見れば豆粒ほどの地球の中で、同じ人間同士争い、殺し合っている現状を一体神はどんな気持ちで眺めているのだろう。この事象がはるかな大昔から未来永《えい》劫《ごう》に続いていくのが、この尊く美しい地球上での動物や人間の営みなのか。生まれて生きて死んで、また生まれる輪廻《りんね》の姿がこの世の摂理なのか、この泡つぶより儚いわれわれの命。なんと自分は小さな、小さな、小さな存在であるか改めて感じた。

不思議・不思議

三方を山に囲まれた湖のような大きなため池があるんだ。僕は毎晩、そのため池の土手の上で歌を歌うんだ。大きな声で。

歌が終わって、山を背にして五〇〜六〇メートル歩いたところ、背後からパアッと光が射してあたりが一面、懐中電灯で照らされたように明るくなった。

驚いて振り向くと、なんと、大きなお月様が山の頂に顔を出したんだ。直径一メートルぐらいあったかなあー、オレンジ色して、なんと美しかったこと。山の稜線がくっきりと映えて湖面がキラキラ輝き、しばらく振り返り歩いた。

そうしたら、その月も山の稜線を離れて、空中に浮かんでいた。もういつものお月さんになって、直径も五〇センチぐらいに小さくなった。しばらく見ていた。月は高く空に上がり宇宙に浮いていた。

ああ！　なんと、きれいだなあー不思議だなあー。あんなにポッカリ空に浮くなんて……。

まるで風船かシャボン玉みたいだ。地球もあんなのかなあー。宇宙から地球を見てみたいなあー。しかし、不思議だなあー。どうして浮くんだろう……。フンワカ、フンワカ、どうして人や動物は宇宙に落ちていかないいんだろう、地球は太陽の周りをぐるぐる廻るから、その遠心力で押さえつけられて落ちないいんだって。なんと不思議だなあー。

そんな地球の表面にせっかく生きている人間たちがボンボン大砲を撃ち、ミサイルで攻撃して、たくさんの人々を殺し合うなんて、不思議だなあー。

どうして森や木や草のように地面にしっかり根を張って静かに立っていないのかなー。

不思議だなあー。宇宙は大きく大きく広く広く広くどこまでも果てがないなんてー不思議だなー。そんな真っ暗な宇宙にポッカリ浮かんでいる、この宇宙の神様に、どうして感謝しないのかなあー。どうして殺し合うのかなあー。どうして戦争するのかなあー、不思議だなあー。

世界中の人類、民族それぞれ仲良く暮らしているのに……どうして殺し合いの戦争を始めるのかなあー。

同じこの地球の玉の表面で、動いて、生きて、働いて、遊んで、食べて、寝て、笑って、泣いて、楽しんで、悲しんで、抱き合って、愛情いっぱいのそれぞれの家族が生きて……やがてみんな一人一人死んで……この地球の表面からいつの間にかいなくなるんだなあー不思議だなあー。命って、不思議だなあー。

そうだ！　もう悩んでなんかいられない。楽しく生きるぞォー、働くぞォー、遊ぶぞォー。

そしてみんなを愛するぞォー。

命と性の不思議さ

じっとりと汗ばむ暑さ、庭木や近くの緑生い茂る山の中から蝉や虫の鳴き声が、一人ぽつねんと畳に座っている私の耳に気ぜわしく入ってくる。

思えば長い年月生きてきたものだ。七一歳を半年ばかり超え、世間がわれわれのことを高齢者と勝手に呼ぶ年齢になった。

命ってなんだろう。はるかな昔、宇宙にエネルギーが溜まりに溜まって我慢の限界を超え爆発し、星や太陽や地球ができた。この爆発力が周波となって、この地球上の森羅万象のすべてに入り込み、植物が繁茂し、動物が子孫を残すため繁殖する。この繁殖力が命と性になって現れる、と私は解釈した。

このうちの性について不思議な私の体験を、少し恥ずかしい気がするけれど、語ってみたいと思う。


今から六五～六六年前の昔、確か小学校入学前の年齢だったと思うが、母親に連れられて柔道大会を観に行った。

観客席で母親の横に座って観ていたら、私の目の前に座っていた、私と同い年ぐらいの子供を連れた母親が、突然立ち上がり前かがみになって子供の服装を直した。母親の腰が九〇度に曲がったため、スカートが引き上げられ内ももが見えた。瞬間、私は本能的な衝動に駆られ、その母親の下にかがみこんでスカートの中を覗いた。本能だったのか無意識に不思議な行動をして、あとで少し恥ずかしく思った。

小学校は山間部の小さな学校で、学年は男女合わせて二一人。四年生のときの担任は、肉感的な、肥えた若い女の先生だった。教室で先生が教壇の真ん中にある机で、生徒の持ってくる答案用紙を採点するため、椅子に座って机下の横木に両足を置いて採点している。先生のスカートが下に垂れ、白い太った大根のような脚が見える。

生徒は机の前に並んで立って順番を待っているが、私はメラメラと性の衝動が起こり、子供なりに知恵が出た。

「そうだ！　机の前でしゃがんで待てばスカートの中が覗ける！」と思い、私の番が二、三番目にきたとき、すばやくしゃがんで先生の真っ白い太ももとパンツを、心臓をドキドキさせながら垣間見た。図に当たって内心得意になった。

春、学校が全校生徒を潮干狩りに連れて行った。若い女教師は担任だけだったので、よく目立った。

先生はスカートをたくし上げ、ずり落ちないようにパンツのゴムで留めていたので、白い太ももが青空の下になまめかしく見えて、頭がクラクラした。

またこの頃、学校から帰ると近所の子供たちと山や田野を走り回って遊ぶのが日課になっていた。遊びが終わると皆でガキ大将の家に集まって、ワイワイ、ガヤガヤとしゃべり騒ぐのが楽しみであった。

ガキ大将の家は玄関が無く、外からガラス格子の引き戸を開けると二メートルほどの土間で、腰の高さに部屋の敷居があり、部屋は一間であった。われわれ七、八人の子供たちは、土間に立って部屋にいるガキ大将と弟の二人としゃべっていたが、そのうちに夜になった。一間しかない部屋でガキ大将の母親が服を脱ぎ、素っ裸で反対側の土間へ降り、裏庭に独立して建っている風呂小屋まで、下腹にタオルを当て前かがみなって小走りで向かっていく。

母親が服をだんだん脱いでいくにつれ、眼が釘付けになり胸が苦しくなるほど心臓が高鳴る。ほかの子供はそんなに関心なさそうであったが、なぜか私だけは母親の白い背中やお尻の後ろ姿にドキドキしたことを思い出す。

こんなに女の裸に興味があった私でも精神的には晩熟で、中学生になっても赤ん坊は母親のお腹がパックリと割れて出てくるものと思っていたし、近所の牛の腹を下から見て、腹が割れたら内臓も出てくると思うのに、牛は死なないのだろうかと心配していたぐらいのボンヤリした子供だった。

遠い先祖は知らないが、祖父や父親は堅物そのものであった。祖父は村の長として、また学校の教師として、威厳があり、謹厳実直。父は勤勉、正直、清廉潔白の学者肌。その頃、家ではニワトリをたくさん飼っていたので、卵を温めて雛を孵《かえ》そうと父に相談したら、父が照れたような顔をして、「それはムズカシイぞ、温度とか……湿度とか……」と奥歯に物が挟まったようなことを言うので、そのときはなんとなく納得したが、何年かあとに、ハタと気が付いた。

雄鶏《おんどり》が雌鶏《めんどり》と交尾をして卵を受精させないと、雛は生まれない。父はニワトリが交尾した卵でないと雛は生まれないということを、口に出すのが照れくさくて言えなかったのだと分かった。

そういえば、わが家にはひよこが成長しても雄鶏が一羽もいなくて、雄鶏が交尾をするようになる前に、父がすぐ肉鶏として肉屋に売っていたからだ。父はニワトリが交尾するところを、私たち子供に見せるのを嫌うほどの潔白な神経の持ち主なので、家族の会話は真面目でふざけた冗談もなく、男子は私一人で、あとは三人の女姉妹であったから、色欲の話など全く皆無であった。そんな家風の中で過ごした私が、前述の「牛の腹」の話のように性に疎《うと》い少年に育ったのは無理もない。

しかし、私の本能的な性の目覚めは始まっていた。

私は一五歳のとき結核に罹《かか》り、一年間療養所に入っていた。そこで精神的な性の目覚めを体験した。療養所は同じ棟に男女それぞれ別の部屋で寝起きしていたが、自由時間にはホールでテレビを観たり、廊下や外庭で男女が談笑する。当然、娘や中年のオバさんたちも大勢いる。座って話をしているオバさんが浴衣の裾がめくれたまま話をしているので、内腿が見えて心臓がドキドキ波打ったりした。

ある日、三〇代後半のオバサン患者が廊下の端にある便所に浴衣のまま入っていく姿を見た。私はその女性患者がお尻を出してしゃがむ姿を想像し、なんとかしてその「秘」を見てみたいという欲望が強くなり、我慢ができなくなった。

そしてとうとう衝動に突き動かされて女性が便所に入ったとき、ドアの下の隙間から覗いて、横向きになった白い太ももや丸いお尻を、チラリと見るような不謹慎なことをしてしまった。

部屋では一〇人ほどの男性患者と一緒で、同じ年頃の一〇代が二人、あとは二〇代から五〇代までいた。

病室では、ときどきオッサン連中が猥談《わいだん》をする。温泉宿でアヤしい男がコソコソと売っているような卑猥《ひわい》な写真をオッサンから初めて見せられた。私は顔が真っ赤に火照り、眼の玉が飛び出るほど驚いた。部屋でオッサンたちがする猥談を聞いていても、脳の中では霧のように霞んで男女結合のイメージが湧かず半信半疑であったが、このとき初めて理解した。

こんなことから、なんとか女の肌に触れてみたいと狂おしいほど、欲望がどんどん膨らんでいく。何日か前に療養所の裏にある丘で、一緒に座って夕日を眺めた一九歳の看護婦さんが、病室の突き当たりにある宿直室に一人で宿直をした夜。病棟の患者が皆、寝静まった深夜、そっと宿直室に忍び込んだ。そして驚く看護婦さんのベッドの端に座ったまま、それ以上何も行動に起こせず、モジモジとしていたら、彼女が私を優しく諭し、私はスゴスゴと病室に戻った。

以上、幼児期から一五歳の少年の時期まで、性衝動の体験を述べてみたが、振り返ってこの不思議な性衝動を思い起こしてみると、身体の成長とともに人間が生きていくうえで、最も大切なエネルギーが体内奥深くマグマのように渦巻き、火山が溶岩を噴出して高い山や山脈を造っていくように、人間もエネルギーによって精神も身体も形造られていくような気がする。

あらゆる欲望、好奇心、成功願望も宇宙が爆発したときの周波、即ちエネルギーとなって体内に蓄積され意識や行動となって、拡大、発展しようとする。これが命であり、性もまた命に内包され、子孫繁栄願望となって不思議な性行動を起こすのだろうか。

第三章　旅先の情景

静寂

二〇〇二年五月二〇日早朝、ハバロフスクからウラジオストク行きの小さな飛行機に乗った。二時間ほど経ってから機はエンジンを切り、降下態制に入った。客は数人、日本人は私一人だった。機内は静かで、美人の乗務員が歩くコッコッというハイヒールの音だけが静かに響く。外は青空、朝日が広大なシベリアの森林の上を矢のように射す。

神々しく美しい眺めだ。機はグライダーのように音もなく空を滑る。時間が止まり、静寂が支配した。不思議な体験だ。

眼下には緑の森林が広がり、細い道路が延々と続き、一台の豆粒のような車が走る。機はぐんぐん高度を下げて針葉樹の森や、白樺の林の上を飛ぶ。

全く静かな時間が過ぎる。ゆったりとした気分に心が和らぐ。静寂の周波が魂を浄化して、身も心も透明になる。一瞬、宇宙の不思議さを感じた。

おおらかな心

二〇〇二年八月ウラジオストクで市内バスに乗った。通勤時間帯なのか車内は満員でギュウギュウ詰め、乗客は無言で押し黙ったまま。

途中で赤ちゃんを抱えた女性が乗ってきた。すると座っていた若い男性がすかさず黙ってスウーッと手を差し出して、女性から赤ちゃんを受け取り、自分の膝にのせた。女性は遠慮もしないし御礼も言わない。全く無言。当然のごとく赤ちゃんを渡し、すました顔。男性も無言。

次の停留所で女性が黙って赤ちゃんを受け取って降りた。日本では考えられない。

無言と無言の不思議な光景だった。ロシア人のおおらかさを感じた一瞬だった。

一九九三年九月八日のイスラエル、ハイファ市の中型スーパー。店内は買い物客でごった返す。

レジ前でカートを押した婦人たちが行列をつくっているが、レジ係のオバちゃんは全く急ぐ風もなくゆっくりと旧式のキャッシャーで計算している。しかし、並んで待っているご婦人方は全く意に介さず、おしゃべりしながら一時間近くも悠々と待っていた。泰然自若として。

翌日、九月九日のアテネの交差点、埃《ほこり》だらけのオンボロ車。ガラスは割れて車体はボコボコ、運転席のドアもない。真っ赤なドレスの素敵な美人が運転して颯爽《さっそう》として現れた。澄ました顔して背をシャンとして伸ばし、毅然として座っていた。映画のワンシーンのような誇り高い女に惚れ惚れした。

犬

ギリシャ・アテネの繁華街の道路の真ん中で、太った大きな犬が寝そべっている。腹を横にして手足を伸ばし、気持ちよさそうに堂々と眠っている。人は皆、犬の前で左右に分かれて通る。

レストランのドアの前で寝そべる大きな犬。起こさないように客がそっとドアを開ける。恐れ入った。これらの犬はすべて野良犬だそうだ。

二〇〇九年五月初旬、ロシア・ノボシビルスクのホテルの窓から下を見た。庭には大きなゴミ箱、野良犬十数匹が集まっている。黒あり、白あり、茶色あり、大きさもいろいろ。発達した筋肉の動き、敏捷《びんしょう》な身のこなし、生き生きとして嬉しそう、野生を感じる。

しばらくしてリーダーらしき大きな犬が先頭を走り、群れを率いて森の中へ走り去った。

日本、鎖につながれ朝の散歩、犬は自由に走り回れない、日常の風景。

四〇年前のある光景を思い出した。文化住宅と呼ばれていた当時のアパートの玄関横で、小さな箱の中に中型の白い犬が入れられていた。

犬の眼は怒ったような光を放ち、黄色く濁っていた。今にも噛み付きそうだ。無理もない、やっと方向転換ができるほどの小さな空間で、一日中閉じ込められているんだもの。

あの犬は自由になったかなぁ、天国で。

歓喜

一九九三年九月三日。イスラエル第二の都市ハイファで、イスラエル人の知人に同行して、ある結婚式に出席した。ホテルの広い庭で砂漠を模して天幕が張られ、その下でユダヤ教の聖職者ラビが伝統に基づいた儀式を厳《おごそ》かに行い、新郎新婦が神に誓いを立てて式は終わった。一転、華やかな祝宴が開かれ、大勢の老若男女たちが歌い、食べ、飲んで花婿花嫁を祝福した。

楽団が大音響で音楽を流し、ステージではブラジルから招かれたダンサーたちが華やかな衣装を身にまとい、頭にたくさんの羽飾りを着け軽快なリズムでサンバを踊った。祝宴は最高潮に達し、大勢の出席者たちがステージに上がり、ダンサーと踊った。誰も彼も手をつなぎ、満面の笑みを浮かべ、跳びはね、歌い、踊った。

真っ白いウエディングドレスの花嫁も、タキシード姿の花婿も一緒になって踊った。サンバのリズムに合わせ腰を振り、体をくねらせ、互いにニコニコと顔を見合わせながら楽しそうに踊った。

私もこらえきれない喜びが全身に伝わり、激しく踊った。ひとりでに体が動いた。ダンサーや花嫁とも笑いながら顔を見合わせ踊った。嬉しかった。楽しかった。日頃の日本人特有の真面目くささがどこかに吹き飛んだ。

こんな楽しい踊りが世の中にあったのか、まさしく歓喜に酔いしれて、喜びが爆発した。もっと若いときからのめり込んで浸ればよかった。

堅苦しい日本の結婚式を見慣れた私には、イスラエルの人々がこんなにも陽気で、のびやかに明るく振る舞うのを見て羨ましかった。できることなら私もこんな人間らしい、喜怒哀楽を素直に表す屈託のない社会で生活してみたいと思った。

あれから二〇年経って元の木阿弥、くそ真面目な日本人としての生活が続く。

イスラエル滞在記

一九九三年の秋、イスラエル人の知人を訪ねて北部の都市ハイファに行った。いろいろ珍しい体験もしたが、今でも印象に強く残っていることを述べてみたいと思う。

ギリシャのアテネを飛び立ったプロペラ飛行機は、夕日がまぶしい紺碧の地中海と海岸の砂浜の上空でエンジンを切り、着陸態勢に入った。それまで単調なプロペラ音を響かせていた機はエンジンが切れるとグライダーのように音ひとつ立てず、静かに空中を滑空し、ベン・グリオン空港に向かって高度を下げた。

機内には物悲しい旋律の音楽が静かに流れ、おしゃべりに夢中になって笑い声が絶えなかった青年たちや、談笑していた夫婦、老人たちもやがて口をつぐみ、シーンと咳払いひとつしない静寂が支配した。

二〇～三〇分も滑空したであろうか、やがて太陽が地平線に姿を隠し、夕焼けが空を茜《あかね》色に染める頃、機は見渡す限り砂の中のベン・グリオン空港に静かに着陸した。そのときだった、今まで静まり返っていた機内から乗客全員の歓声と拍手が起こった。

私はすぐに悟った。乗客はほとんどユダヤ人だろう。イエス・キリストが生まれる二〇〇〇年以上のはるか昔にローマ帝国によって祖国を奪われ、世界中に離散したユダヤ民族は、長い苦難の歴史を経て一九四八年ついにイスラエル建国が成った。散り散りになったユダヤの民が世界各地から帰還できる喜びが、ユダヤ人の遺伝子としてあるのだろう。人々の心や脳の中に、想いとなって蓄積され、車輪が祖国の地に着いた途端に喜びが爆発したのだ。

歓声を上げ、拍手するユダヤの人たちを見て、思わず目頭が熱くなった。

通関を終え、知人の男友達の車で、左手に白い波しぶきを上げる地中海を見ながら砂漠の一本道を走る。空には満月の柔らかい月の光が海や砂浜を照らす。日本を遠く離れ、中近東の海岸にいる自分を不思議に思った。

イスラエル女性の知人に案内され、イスラエル独特の集団農場「キブツ」に行った。その知人の友達で、タイから移住してここで働いている女性とその息子夫婦の世話になる。息子の嫁はイスラエル人。夕食のあと、応接間で団欒《だんらん》しているとき、この夫婦が私の目の前で抱き合いキスを交わすので、こんな光景に慣れていない私は目のやり場に困ってしまった。

このキブツでは、周辺に果樹園や牧場を作り、二〇〇人ほどの老若男女が農作業をして集団生活をしていた。夜になると三々五々人々が集まって食事をし、舞台で歌を歌ったり踊ったりコント芝居などもしていた。

あくる朝、中年の男性が農場を案内してくれた。熱く乾いた砂地にトマトを栽培していた。地下水からポンプで汲み上げる水は貴重なので、ポンプ室の機械が一定の時間がくるとトマトの茎だけに一滴一滴水が滴るように、畑に敷いた細いパイプに穴を開け、自動で給水できるように工夫がしてあった。

驚いたことにその男性が説明するには、トマトの実を採るのではなく種を収穫してアメリカに輸出するのだと言う。種苗として売るほうがずっと金になるのだそうだ。さすがユダヤ人！　賢い！　私は感心してしまった。

牧場では乳牛を飼育していた。キブツに来る途中で、草木のない石ころだらけのかんかん照りの砂漠でテントを張り、ベトウインが牛を放牧していたのを見て不思議に感じたが、初めて分かった。牛が餌として食べているのは砂漠に生えている灰色の刺だらけの草だった。

日本の青々としたおいしそうな草とは雲泥の差があった。そんな刺刺した草を食べさせられて、乳を搾られる牛たちもかわいそうだが、もっと驚いたのは生まれて間もない乳牛の子牛が地面から一メートルの高さに置かれた鉄の小さな檻に入れられ、檻の間から手足を出した状態で、まるでニワトリがケージに入れられたように置かれていた。子牛がかわいそうな気がしたが、どうして牛をケージに入れるのだろう、日本人と違う感覚を感じた。

帰り、温かくもてなしてくれた一家に別れを告げ、一家の知り合いの中年女性に車で送ってもらって、途中でタクシー（と言っても普通の乗用車だが）に乗り換えた。運転席に男性客一人、後部座席にわれわれ二人と女性客一人の計五人である。砂埃を巻き上げながら視界を遮るもの一つない広大な砂漠を車は一〇〇キロのスピードでぶっ飛ばす。タイヤが砂にとられ、右に左にと揺れる。そのうえ、運転手は助手席の男性客と大声でしゃべり放し、車がひっくり返らないかと体が硬くなる。だんだん日が落ちて夕闇になり、やがて暗闇になる。後部座席の女性がここで止めてくださいと指を指す。何の目印もない砂漠、こんなところで一人で降りて大丈夫なのだろうか、迎えの車は分かるのだろうかと逆に心配する。やがてハイファの街に着いてホッとした。

翌日、街の郵便局で切手を買う。よく分からないのでイスラエル紙幣を何枚か差し出すと居合わせた中年の男性客が驚いたような顔で「日本人は金持ちだからなあー」とやっかみ半分軽蔑半分の口調で呟いた。

街をぶらつくとすごい美人が公衆電話で話している。思わずシャッターを切る。街角でバイオリンの物悲しい曲を演奏している初老の男性がいた。写真を撮って良いかと聞くと拒否された。物乞いをしていたと分かって気の毒になった。

ハイファからテルアビブまでバスに乗った。扉横の一人座席に座った。しばらくして老人夫婦が乗り込んできた。老婦人が来て、

「その座席は私が座る座席だから、ドケ!」とすごい剣幕で言う。

全部の言葉の意味は分からなくても態度で分かる。イスラエルでは老人には個人別に席が定めてあるのかと一人合点し、なんだかムシャクシャしたが黙って席を譲った。ほかの席に移り、バスは発車してしばらくすると後ろから中年の男性が私の横の席に

座り、日本人が珍しかったのか遠慮ぎみに話しかけてくる、私は先ほどの老婦人の剣幕と態度に腹を立てていたので男性にそのことを話すと、

「それは単なるおばあさんのわがままですよ。席など譲る必要はありません」と言う。

年をとったユダヤの老人は酷《むご》い迫害に遭い、辛酸を舐《な》めてきた人が多い。そのため他人を信用できず自分の想いに凝り固まり、頑固で融通が利かないのも無理はないと、またまた一人合点してしまった。

テルアビブの日本大使館へ行く。窓口に出てきた三〇代の女性、突然やってきた日本人に少し驚いた顔をするが、私の質問に事務的な口調で答えるだけで会話はゼロ。もうちょっと人間的な温かい気持ちがあれば、会話できて楽しいのに、残念な日本人特有の生真面目さだ。

市内にあるイスラエル大学を訪れる。門に向かって私が一人でずんずん歩いていくと、門番のオジサンが恐怖の混じった声で「ウァ！」と怒鳴った。何年か前、赤軍派

の日本人がロッド空港で大事件を起こしていたので、テロリストと勘違いしたのかもしれないと思った。

大学の構内に入ると、たくさんの若い男女学生が談笑したり、食事をしたりしていたが、私がいても全く知らん顔して意に介さない。おおらかな態度に心の広さを感じた。しかし、壁に貼られているパネルの数々は、ユダヤ民族がいかに残虐な迫害に遭ってきたかを物語っている。

映画『屋根の上のバイオリン弾き』に出てくる人物や場面にそっくりな、昔のロシアの片田舎で暮らす質素で素朴なユダヤ農民たちの古い写真。ナチの親衛隊に銃を突きつけられ両手を上げて歩かせられる、品の良いユダヤ少年。アウシュビッツなどの収容所に送られるため貨車に詰め込まれる大勢の老若男女。いわゆるホロコーストの悲劇の写真の数々。隠してしまいたい民族の暗い歴史を正面から見据え、強靭《きょうじん》な精神で未来を築くために若者たちへの教育の一環だろうか、私には若者たちへ国の未来を託すイスラエル国民の強い意志を感じた。

エルサレムへ行った。市内バスで街を巡ってみようと思い、バス停に停まっていたバスに乗り込んで出発を待っていた。乗客は二、三人、しばらくすると運転手が来て別のバスに乗り換えるよう指示する。何事かと思うと、このバスに爆弾が仕掛けられている可能性があると言うのであわてて乗り換えた。一緒に乗っていた客は大して驚いた風もない様子。イスラエルではこんなことは日常茶飯事なのだろう。

終点でバスを降りると、石造りと石畳の街をぶらついた。もちろん大方の市民は普通の服装だが、エルサレムはユダヤ、イスラム、キリスト教徒の混在する宗教都市、特に正統派と呼ばれる三つ編みスタイルの黒い髪や髭を長く伸ばし、黒い帽子、黒く長いコートを引きずるようにして歩いているユダヤ教徒の男性が多い。

コートは着ていなかったが、やはりキッパと呼ばれる頭にぴったりと密着した丸い帽子、三つ編み姿の少年が何かブツブツと言いながら私に近づいてきた。異様な光を放つ目つき、よだれを垂らした顔つきから精神を病んだ少年だと分かった。だんだん近づいてきて私を見据えながら大声を張り上げだした。そのとき通りがかった普通の服装をした中年の男性がすかさず制止の言葉を掛け、少年を遠ざけてくれた。多少恐怖感があったので正直ほっとした。

このほっとして助けられた経験はもう一度ある。一〇年ほど後、ロシアのハバロフスクからウラジオストクまで小型飛行機に乗り、ウラジオストク空港で飛行機のタラップを降りた直後、大型ジェット機の観光客ならともかく、こんな早朝に一〇人にも満たない乗客の小型機にアジア人が二人、怪しいと感じたのか、腰に銃を提げた一人の若い兵隊が、韓国人と私の二人だけを引き止め、パスポートを出させ、連行しようとした。同じ飛行機に乗ってきたインテリ風のロシアの中年男性が兵隊に何事か言ってくれて、われわれは助かった。日本では見て見ぬふりをして黙って立ち去る人がほとんどだろうと思う。日本人もこんな場合、助け舟を出せる人が多くなれば本当の大人社会になるのだが。

エルサレム市内からバスに乗り、観光地を回った。オーストラリア人やアメリカ人、インド人、イギリス人などに混じって日本人は私一人だったが、死海のお土産屋に入ったとき一人の日本人青年に会った。

一緒に塩辛い死海に入り、体中健康や美容によいといわれる泥を塗ったりした。名前は忘れたが横浜の政府関係の財団法人に勤めていて一人旅をしているという。聞くと職場から「どこでも良いから世界旅をして来い」と言われ、費用は全額職場から出るらしい。これからトルコへ行くと言った。国家公務員など役人は予算を年度内に使い切らないと次年度の予算が減らされるので、こんな無駄な税金を使うのだろうと腹立たしくもあり羨ましくもあった。

五〇度の炎天下、マサダの遺跡に登る。体から水分が減るので水をどんどん飲んだら、ひどい下痢に苦しんだ。近くに建っていた粗末なトイレに三、四回駆け込んだ。ロープウエイで頂上へ。二〇人前後の各国の観光客と同乗する。水筒の水がなくなったら一人の欧米人らしいオジサンが自分の水筒から水をくれた。マサダの遺跡は、イエス・キリストの生まれる以前のはるか昔、ローマ軍に包囲され、戒律書「トーラ」を持って逃げ延びた一人の少年を除いてユダヤの民全員が順番に刺し違えて自決したユダヤ王国最後の砦だったらしい。

頂上には遠くの水源から水を引いてきた水道の跡、浴場の床に張られた今なお絵画に色彩が残っているタイル。三〇〇〇年前のものと思うと気が遠くなる。今、世界各地で戦争や殺戮《さつりく》が起こっている。一体いつになったら人間は殺し合いを止めるのだろう。

ゴラン高原に行った。バスを降りると強風が吹いていた。中立地帯に国連の監視団の小屋などが見える。遠く見えるのはシリアだ。

最近シリアが内戦状態で、今日の報道では反政府軍に国連の監視団とフィリピン軍の何十名かが拘束されたらしい。イスラエルと一触即発にならねば良いが。

次に、われわれ二〇人余りを乗せた観光バスは、ダイヤモンドの研磨工場に向かった。

世界のダイヤモンド流通組織は、一〇〇パーセント近くをユダヤ人が握り、ニューヨークのユダヤ人宝石商たちがダイヤモンド市場を支配していると言ってもいいほど、ユダヤ人とダイヤモンドは切り離せない。アフリカで採掘されたダイヤは、イスラエルに送られ、この工場で研磨され製品となる。

途中、道端に碑が建っていて大勢の名前が刻まれている。見ると道路や石垣が黒く焼け爛《ただ》れている。この場所で自爆テロがあり、バスの乗客が全員亡くなったとガイドが説明した。

工場内へ入ると大勢の中年男女の職人たちが椅子に座って、机に置いた研磨機のグラインダーでダイヤを削っていた。机上にはたくさんの美しくキラキラと光る研磨前の原石が無造作に広げてある。職人たちとわれわれ見学者の間は仕切りがないので、手を伸ばせばすぐ届く距離だ。こんな多量のダイヤを身近で見ることはもう一生ないだろう。

目の大きなしっかり者らしい顔つきをした小柄なおばあさんが、ハキハキとした流暢《りゅうちょう》な英語で説明してくれる。しばらくして日本人はカモだとみたのか、美人の若い娘を呼んだ。

娘は私のところへ来て、妻への土産にダイヤを買うように流暢な日本語で薦める。

こんな日本を遠く離れたイスラエルの工場で、日本語を話す娘がいるとは正直驚いた。聞くと東京に一年間いたと言う。結局、うまく乗せられ、買ってしまった。たぶん日本の半値以下で買えたと思うので満足はしている。

観光バスのガイドの中年のオジサンに案内されて市場に行った。両側に宝石、貴金属、カーペット、煌びやかな衣装、衣服や雑多な品が所狭しと並んでいる細い通路の商店街。騒々しい物売りの声や人ごみでごった返す中を迷子になるまいと必死についてゆく。

途中、イエスが十字架を背負って歩かされ、疲れて手をついたと言われている壁の手形もオジサンガイドから説明を受けた。次にイエス・キリストが生まれた馬小屋があるというベツレヘムに行った。教会内は観光客でごった返している、地下のかなり広い広場に、荘厳なギリシャ正教会やキリスト教会が建っている。宗派の違う教会がここでは共存しているのが不思議な気がした。

くすんだ建物や床に歴史の重みを感じる。立派な口ひげを長く伸ばした黒ずくめの司祭たちが威厳を込めてお祈りをしている。その近くの通路から地下へ下りると小さな祠《ほこら》があった。この場所でイエスは生まれた。各地から来た観光客がその前で写真を撮っている。

キリスト教徒にとっては厳粛に、静かに祈る神聖な場所と思うが、一人のドイツ人の三〇歳前後と思われる女性が、なんと靴を履いたまま土足で鎖をまたいで祠上に立って写真を写してもらっていた。日本でいうと伊勢神宮の祭壇に土足で立ったようなものではないのか。私は世界各地の教会で敬虔な祈りを捧げるクリスチャンのイメージがあるため、その女性の行為にとても驚いた記憶が二〇年経っても消えない。

ある日、ハイファァ近郊にある刑務所跡へ知人が私を案内した。そこは一九四八年のイスラエル建国以前、まだイギリスの統治下にあり、イギリス軍に対して盛んにテロ活動を行った独立運動の数多くの闘士たちが収容され、拷問を受け、死刑にされて命を失っていった場所であった。

初代イスラエル首相のダヴィド・ベン＝グリオン（ベン・グリオン空港は彼の名前

を記念して付けられた）や、サダト・エジプト大統領と平和条約を結んだ第五代首相ゴルダ・メイア、闘志溢れる強烈な個性の第七代メナハム・ベギン首相、この三人も独立運動のために命を落としていった数多くの闘士の中の生き残りである。が、そんな闘士たちが収容されていた、広さ三畳ほどのベッドもなく土間に薄い枯れ草をしいた狭い小さな部屋が、廊下伝いに並んでいた。収容者は土間に直接寝ていたらしい。

絞首刑室も見た。板張りの床に直径一メートルばかりの穴が空いていて、覗くと三、四メートル下に床が見えた。上には絞首刑の絞め縄が不気味にぶら下がっていた。


ハイファから車で一時間ばかり走った小さな港町がイスラエルとレバノンの国境で、そこの展望台から地中海の眺めがすばらしいとのことで、知人の友達の車でその場所へ行った。鉄工所を経営している人の良さそうな五〇代中頃の男性である。

男性は仕事があると言って帰ってしまったので、私は独り地中海の青い波が打ち寄せる海岸の展望台の近くで降ろされた。

観光客もいないし車も走っていない。わずかに三人の観光客に出会った。聞くとヨルダンから来たという中年の女性二人と初老の男性一人だった。互いに写真を撮り合い、別れたあと、帰ろうと思ったがタクシーが見つからない。国境のフェンスのほうに向かって歩いていると、車体に白ペンキで大きくU・N（国際連合）と書かれたジープが停まっていた。

車の横に立っていた国連監視団の兵士に、ハイファまで乗せてくれるように頼んだ。兵士が承諾してくれたので安心していたところ、その兵士に連絡が入り、行けなくなった。

仕方なく国境のフェンスまで歩いて行き、フェンス越しに国連監視団の兵士と下手な英語で言葉を交わしたら、レバノンの高原に追放されていたパレスチナ過激派「ハマス」のメンバー二百余名が、もうすぐこのフェンスを通ってイスラエル領へ帰ってくると言う。イスラエルのラビン首相とPLOのアラファト議長との間で結ばれた平和条約で恩赦を受けたためだろうか。

どうりでガラーンとして、イスラエル人はもちろん観光客も見当たらないはずだ。皆、用心して近寄らないのだと分かった。やっとタクシーが一台来たので乗った。

二〇～三〇分走った頃、タクシーが道をそれて、乗客である私の承諾も得ず、砂地の林の中を通ってどんどん海の方向へ走っていく。少し不安になる。運転手は誰もいない林で車を降り、誰かを探している様子。時が時だけに私はこの運転手がテロリストの仲間で、日本人である私を誘拐するつもりなのか、それとも強盗なのかとても心配になり、先手を打ってやろうと度胸を決め、すぐに車を降り、運転手に、

「どこへ連れて行くつもりや！　なんのためにこんなところで降ろしたんや！」

とばかり大声で怒鳴って詰問してやった。

もしかして仲間が来たら身の代金目当てに誘拐され殺されるかもしれないと必死だったので、なぜかそのときは自分でも驚くほど早口でほとばしるような英語が口から出た。二〇年経った今ではぜんぜんしゃべれない。

あまりの私の剣幕に驚いて運転手は私にペコペコ謝ったが、私が承知しないので、林の中を歩いて小さな建物に私を案内した。

用心しながら運転手について行き建物に入ると、二人の色の浅黒い若者が机に座って運転手から事情を聞いた。最初、若者の肌が浅黒くアラブ人のように思ったので、

この建物は過激派のアジトでＰＬＯの兵士が尋問するのかと思ったが、よく聞いてみると、

「この運転手があなたの承諾なくこんなところへ連れてきて誠にすまない。運転手は悪気があってこのようなことをしたのではなく、友達とここで落ち合う約束をしていたらしい。私からも謝るから勘弁してやって欲しい」

と盛んに謝る。

やっと合点がいった。この建物は交番で、彼らはイスラエル警察の巡査だった。怒りが収まると運転手や巡査の態度が誠実で好感を持った。帰りのタクシーの中で運転手と打ち解け、話をするとこの人も家族のため懸命に働いている正直そうな人だ。チップをやろうとしたが受け取らなかった。

ハイファに帰り、街の食堂に入ったとき、客の一人が「お前の姿がテレビに映っていたぞ」と言われた。国境フェンスの前で一人ウロウロする私を、遠くからテレビカメラで写していたのだろう。

市民はテロに戦々恐々としている様子はないが、一人一人が緊張している様子だ。

何日か前ハイファで知人が降りたすぐあと、バス停で爆弾が破裂したし、エルサレムで空のバスに私が一人乗って出発を待っていたところ、運転手が来て爆弾が仕掛けられたかもしれないのですぐ降りるように言われた。また、ハイファからエルサレム行きのバスの運転手が一人のテロリストを射殺した噂も聞いた。狭い市内、二年間の兵役に就いている普通の学生や男女の若者が肩に銃をさげて警備している。一人の神経質そうな細い体格の青年が、緊張のあまりか苛立って店員に大声で怒鳴っている。ともかく無理もない。狭い国土で周辺の国々はすべてイスラエルを敵視しているから。

そんな中でもほっとすることは子供たちだ。学校帰りの少年少女たちにカメラを向けたら、明るく天真爛漫そのもの。皆、笑って冗談を言い、ポーズをとってくれる。いつでもどこの国でも子供は宝だ。

エルサレム市内の商店街や路地を歩くと、雑踏の中、様々な肌の色や顔つきの人々がいるのに気付く。イスラエル建国後、世界各国から移住してきた人たちであろう。街路や店で簡単な言葉を交わした人だけでも、エチオピア、ロシア、ドイツ、トルコ、アメリカ、タイなど様々な国から移住して来ているのが分かる。移住ではないがオーストラリアの原住民族アボリジニの集団がバス待ちしていた。この人たちもユダヤかキリスト教徒なのだろうか。また、アラブ人とユダヤ人の区別など外観では見分けがつかない。外観で全く見分けがつかない者同士が敵視し、いがみ合っているのだからもういいかげん仲直りして欲しいと正直思う。

帰国する日が来た。早朝エルサレム市内のホテルから街路を見下ろすと、ゴミ収集車が二台来て作業員がゴミを積み込んでいた。日本から遠く離れたこんな地中海の地で日本と同じような日常の風景を見て、なぜかほっと気持ちが和んだ。

どこへ行っても人々庶民はよく働いている。キブツで働く農民たち、砂漠で放牧するベドウィン族、道路工事で汗を流しているアラブの男たち、商店街で肉や野菜を売りながら、陽気でユーモアたっぷりに笑顔で声を掛けてくるユダヤのおじちゃん、おばちゃんたち、化粧品や洋服店のきれいなお姉さんたち、鉄工所で騒々しくグラインダーで鉄を切っている若者やおじさん、ロシアから移住して来て、そこの鉄工所の事務をしている太った若い娘さん。皆、一所懸命働いている。こんな庶民の労働の集積がこの国を支えているのだと思うと、働くことほど尊いものはないと思うとともに、みんな頑張れと声援を送りたくなった。

早朝一番バスに乗ってベン・グリオン空港へ向かう。途中、一〇人ほどのイスラエル軍がバスをストップさせ、三人の兵士が乗り込んで来た。不審な乗客が乗っていないか警備しているのだ。兵役義務があるため銃を持って街を警備している若者たちとは、体格の良さ、鋭い眼光、引き締まった顔つきが、明らかに違う。正規兵だ。テロを警戒し命がけで軍務についているためか、体から滲み出る迫力を感じる。

空港の出国検査を受ける。検査したのは若い女性だ。ともかく厳しい。徹底的に調べられた。かばんの隅々までひっくり返されて調べられるのはもちろん、靴まで脱がされて調べられた。最もしつこく質問されたのは滞在場所や理由など。知人の手紙など見せたが、なかなか信用しない。街で録音したテープレコーダーを持っていたので別室に呼ばれ、男の検査官が体を触り調べた。赤軍派のロッド空港事件などの影響で日本人が一人旅行しているので怪しむのも無理はないと分かっているが、あまりの厳しさに腹立ちから私の顔が歪んでいるのが自分でも分かった。しかし、イスラエル人の立場に立って考えると気持ちは分かる。バスや商店街でいつ自爆テロにあって命を失うかしれないのだ。平和な日本の空港が天国のようだ。一日も早く平和がくるように望んで離陸した。

第四章　私の詩

恋心

長い苦しい旅を終えて
やっと君の胸にたどり着いた
もう安心だ
柔らかな君の胸に顔をうずめて眠りたい
安らかな寝息とともに
遠くに稲妻が走り狼が群れようとも

朝の光に眼を覚まし
全身に力がみなぎった
この草原の愛の巣から俺は旅に出る
戦って戦って戦い抜いて夕闇迫る頃
くたくたに疲れて君の胸に戻りたい
熱い口づけと優しい微笑みの中で眠るため

二人の世界

サキソホーンの調べに君は酔ってくれた
甘い二人の世界に浸りわれわれは陶酔した
この地球が二人のものとなり
緑の木々や草原の中でたわむれ　愛を語り
想ったままに　望んだままに
自由に宇宙を飛んだ
微笑み　笑い　抱き合って　たわむれ
手をつなぎ　どこへでも飛んでいくのだ
ああ!　このすばらしい世界よ、地球よ、
太陽の光が優しく満ち溢れ
我々は嬉々として遊びたわむれる

人々はいない　全くいない
この地球の楽園で　ただ、我々二人

君だけが頼り

君の愛だけが頼り
海の中を漂うクラゲのように
人の魂は宇宙を漂う
二人はくっつき
この広い宇宙を漂う
離れたら永久に真っ暗闇の
底なしの宇宙を
一人で漂わなければならぬ
ほんとうに君の愛だけが頼り

生命

冬の黄昏　山中の池
月冴えて　冷気覆う
静寂の中　一人立ちて
歌を歌う
仰ぎ見れば青白き満月　空に浮かび
金星　オレンジに輝く
ああ我もまた　恒久の宇宙に存し
命の不思議を感ず

偽善

優しい故に、優柔不断
優柔不断故に、クヨクヨといつまでも後悔し
後悔する故に、心中楽しまず
心中楽しまない故に、他人のせいにする
他人のせいにする故に、過去を後悔する
いつまでも、堂々巡り
結局、優しいのは悪なのか
優しく、勇気が欠如、故に、偽善の人生
偽善と判って、ますます苦しむ
結局、決断無く優しい故に、
自分にも家族にも偽善で過ごす

このままズルズルあの世まで偽善

生きる

老いてなお
食欲モリモリ
冬の朝

老い

半袖の丸首シャツで　手を洗う
顔を上げ　鏡を見た
白髪頭に窪んだ眼
両頬に八の字　深い溝
皺だらけの細い首
まさしく老人　紛れも無し
一体　どこに消えたんだ　あの頃の美少年
まあ　いいか
永い年月　生きたのだから

爆発

楽しめ、楽しめ、楽しんでやれ！
労働も、暑さも、寒さも、元気がないのも、疲れていても、楽しんでやれ！
自分の身体も、心も、楽しんでやれ！
笑いも、怒りも、悲しみも、涙も、大声も、楽しんでやれ！
ともかく、なんでも楽しんでやれ！
命つきるまで楽しんでやれ！
山の緑も、庭の花も、さえずる小鳥の声も
そよ風も、強風も、小雨も、大雨も
こんな楽しい事はない！
金は無くても、食欲がある！
財産は無くても、心に歌がある！

喜びの爆発だ！　大声で歌を歌え！
スカッとする！　オレは生きている！
１００年でも２００年でも生きてやるぞ！
生きている事が楽しいのだから！

おわりに

突然、「感性」というものが「大切なもの」と感じた。

辞書を引くと感性とは、「①感覚の働き、感受性、②哲学で悟性と共に知識を構成する能力」とある。

私は考えた、感性とは霧や煙のようにふわっと立ち昇る「生気」のようなもの。ふうっと息を吹くと、または風がさあっと吹くと、跡形もなく消えてしまう「儚《はかな》い」もの。消え入りそうな優しい気体、湯気のような心、または頭から出る、その人だけが感じる心の動き。

ともかく人それぞれが持つ感じる心、すなわち感受性は、両手でそおっとすくうよう大事に大事に扱わないと育たない。一番育つ時期は一〇代、とりわけ中学生の頃だと思うが、残念ながら現代は勉強や部活に忙しすぎて、感じる心が伸びるどころか擦り減っていくばかりだと思う。日々の生活に追われ、疲れた心、とげとげしい心、生気のない弱々しい心では感性は育まれない。

宇宙のエネルギーを感じ、体や心にいっぱいとりいれる。のびのびとした何事にも捉われない柔軟な姿勢。まるで水か空気のように、自由自在に動きまわり、飛んでいき、指の間からすうっと抜け出るような感覚。

そんな自然体、自然心でいないと湧いてこないものだと思うので、散歩をし、自然の中を歩こう。この大宇宙の小さな地球にわれわれは、ただ生きている、生かされていることをありがたく思う心。そんな心を毎日の生活の工夫の中で育てていきたいものである。

そしてその「感じた心」を記録に留めおきたいと思ったのが、このエッセイを書いた動機だ。本書の、なんらかの項から感じていただければ幸いである。

令和二年五月